ADVENT, ADVENT

EIN WICHTLEIN BRENNT

Erst Eins, Dann Zwei

DANN DREI

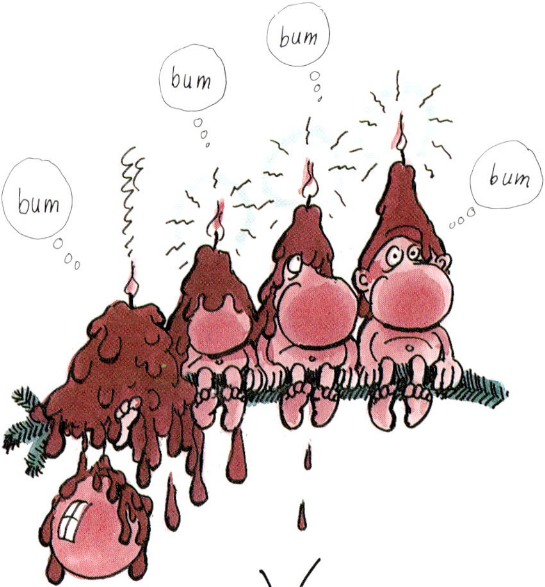

DANN VIER

DANN STEHT DAS TRISTKIND
VOR DER TÜR

KRIPPENSPIEL
1. AUFZUG
AHA! SOSO! DAS JESUS-KINDLEIN HAT ALSO ZU EUCH GESPROCHEN, IHR ORGEL-PFEIFEN !?!?

KNURR
ABER HIER BIN IMMER NOCH ICH DER REGISSEUR! UND ICH SAGE EUCH, SO GEHTS NICHT, MÄNNER VON GALLILÄA...
OJEH, OJEH!
Heute: Stell-Probe

JEDS JAHR WIEDER IS'S DES GLEICHE..

..MIT DE STRENGEN WEIHNACHTS-BRÄUCHE

UM DIE VERWANDTSCHAFT ZU BEGLÜCKEN..

..Muss Man Seinen Beutel Zücken

UND MAN KOMMT EXTREM INS SCHWITZEN..

.. FÜR... (SO EIN ZUFALL !!) ...

..FÜR GESCHENKE, DIE GUT SITZEN.

JOMEI, SO IS'S AN CHRISTMAS EBEN..

.. ÖFTERS MUSS MAN EINEN HEBEN.

WEIL HOLDE STIMMUNG NICHT VERPUFFT..

.. GEDENKT MAN AUCH DER NACHBARSCHUFT.

DEN HAUSGANG STILVOLL DEKORIERT..

..UND DANN MAL SCHAUN, WO SICH WAS RÜHRT

Mit Christmas-Trees
Iss ein Malheur,
Denn jeds Jahr
Muss ein neuer her!

ANTANNENBAUM, OH WAHRE PRACHT! IM FERNSEH SCHNEIBTS DIE GANZE NACHT
Grumml! Grumml! Grumml!
MALEFIZ GLUMP!

AUCH NICHT VERKEHRT, WEIL WEITHIN SICHTBAR. DRAUFKOMMEN MUSSMA ABER ERSTMOI, NICHTWAHR?

UND HIER
DER KLEINSTE
TANNENBAUM DER WELT,
SELBSTFABRIZIERT
VON STAMM BIS GIPFEL,
DANEBEN, BLOSMAL
ZUM VERGLEICH,
EIN HAUSGEMACHTS !
VANILLEKIPFL.

KOSTENLOS
IX-TAUSEND WATT,
DIE NACHBARSCHAFT
VERBLASST VOR NEID,
WOHL DEM, DER DAS
IM GARTEN HAT,
EIN PROSIT DER
GEMÜTLICHKEIT!

DA STAUNEN WEIHNACHTSFRAU - UND MANN, DER HIRSCH IM HAUS ERSPART DEN ZIMMERTANN!

DESIGNER-BAUM, WARUM AUCH NICHT! AUS TANNENHOLZ UND TROTZDEM SCHLICHT

KRIPPENSPIEL
2. AUFZUG
SACKELZEMENT! AUSGRECHNET UNSERN HEILIGEN JOSEF HAT DER DARMKATHARR ERWISCHT! ERSATZ-SEPP, OH ERSATZ-SEPP MEIN, BROCK MIR KEIN SCHLAMASSL EIN!
DONT PANIC, HOCHWÜRGEN, MIR WERN DAS KIND SCHON SCHAUKELN!

ALSO, AUF GEHTS FRÄU'N STÖCKL: ...PRESSEN PRESSEN PRESSEN PRESSEN PRESSEN PRESSEN PRESSEN PRESSEN PRESSEN PRESSEN
Heute: KRAUT-WICKERL MIT SALZ KARTOFFL

So Feiern Die Andern:

BEI DEN VÖGLEIN IM WALDE

Der Bartgeier hat sich durchs Forsthausfenster einen amrikanischen Weihnachtsfilm reingezogen und ist völlig von den Socken

DIE HAFERMASTGANS HAT SICH GESCHMACKVOLL MIT SCHNEEBALLKNÖDELN GARNIERT UND VERSUCHT, SO LECKER WIE MÖGLICH ZU DUFTEN

DIE EULE HAT ZUM FEST
EINE SEPPLGARNITUR BEKOMMEN
UND IST DER BODENSTÄNDIGSTE
VOGEL IM WALDE

DIE ZAUNKÖNIGE HÄTTEN LUST
AUF EIN KRIPPENSPIELCHEN
UND SUCHEN HÄNDERINGEND
NACH DEM DRITTEN MANN

DER KUCKUCK HAT SICH ABSICHTLICH
IM KALENDER VERSCHAUT
UND TUT, WAS ER
NICHT LASSEN KANN

KRIPPENSPIEL
3. AUFZUG
EINEN PLATZ IN DER HL. FAMILIE HAST DU VERWIRKT, BANAUSE! MARSCH, IN DEN FUNDUS UND LASS DICH INS ESEL-KOSTÜM EINNÄHEN!
Ploing ploing ploing ploing ploing
TIER-GARDEROBE